Luz da lua

Antologia poética de Henriqueta Lisboa

Organizador
Bartolomeu Campos de Queirós

1ª edição
2006

10ª impressão

© DOS HERDEIROS

COORDENAÇÃO EDITORIAL	Maristela Petrili de Almeida Leite
EDIÇÃO DE TEXTO	Erika Alonso
COORDENAÇÃO DE PRODUÇÃO GRÁFICA	André Monteiro, Maria de Lourdes Rodrigues
COORDENAÇÃO DE REVISÃO	Estevam Vieira Lédo Jr.
REVISÃO	Ana Maria Cortazzo, Ana Maria C. Tavares, Fernanda Marcelino
EDIÇÃO DE ARTE	Ricardo Postacchini
PROJETO GRÁFICO	Postacchini / Fiorenza
DIAGRAMAÇÃO	Camila Fiorenza Crispino
COORDENAÇÃO DE PESQUISA ICONOGRÁFICA	Ana Lucia Soares
PESQUISA ICONOGRÁFICA	Camila D'Angelo
COORDENAÇÃO E TRATAMENTO DE IMAGENS	Américo Jesus
TRATAMENTO DE IMAGENS	Fabio N. Precendo
SAÍDA DE FILMES	Helio P. de Souza Filho, Marcio Hideyuki Kamoto
COORDENAÇÃO DE PRODUÇÃO INDUSTRIAL	Wilson Aparecido Troque
IMPRESSÃO E ACABAMENTO	Forma Certa

Imagens retiradas do original:
Victor Hugo, *L'Art d'être grand-père*. Paris:
Émile Testard et Cie, Éditeurs, 1888

Dados Internacionais de Catalogação na Publicação (CIP)
(Câmara Brasileira do Livro, SP, Brasil)

Lisboa, Henriqueta, 1903-1985.
  Luz da lua : antologia poética de Henriqueta
Lisboa / organizador Bartolomeu Campos de
Queirós. — 1. ed. — São Paulo : Moderna, 2006. —

  1. Poesia - Literatura infanto-juvenil
  I. Queirós, Bartolomeu Campos de.

06-1215   CDD-028.5

Índices para catálogo sistemático:
1. Poesia : Literatura infanto-juvenil 028.5
2. Poesia : Literatura juvenil 028.5

Reprodução proibida. Art.184 do Código Penal e Lei 9.610 de 19 de fevereiro de 1998.

Todos os direitos reservados

EDITORA MODERNA LTDA.
Rua Padre Adelino, 758 - Belenzinho
São Paulo - SP - Brasil - CEP 03303-904
Vendas e Atendimento: Tel. (0__11) 6090-1500
Fax (0__11) 6090-1501
www.moderna.com.br
2020

Impresso no Brasil
Lote: 287671

*Que silêncio é esse,
que depende do êxito das palavras?*

Henriqueta Lisboa

Sumário

Apresentação — *Bartolomeu Campos de Queirós* 7

Parte 1 9

Azul profundo 11

Romance 12

Canção de Rosemary 13

A flor de São Vicente 14

Palavras 15

Vida breve 16

Os lírios 18

Copo de leite 20

Parte 2 23

Beija-flor 25

O tempo é um fio 26

Palmeira da praia 28

Tempestade 30

Divertimento 32

Pirilampos 33

Parte 3 35

Pensamor 37

Natal 38

Trasflor 40

Canoa 41

Sant'Ana dos olhos d'água 42

Os quatro ventos 44

Parte 4 47

Pérola 49

As madrugadas 50

Itinerário 52

Singular 53

O menino poeta 54

Ai! A vida 57

Parte 5 59

Um poeta esteve na guerra 61

Irmão Lourenço 62

Canção 64

Noturno 65

Pomar 66

Parte 6 69

As palavras 69

Fidelidade 71

A menina tonta 72

Brisas do mar e da terra 74

Crianças no jardim 75

Serenidade 76

Referências bibliográficas 77

Autora e obra 78

Organizador e obra 80

Apresentação

O privilégio de ter convivido com Henriqueta Lisboa me levou a suspeitar da origem de seu intenso ofício poético. Duas atitudes distintas me surpreendiam, além de sua maneira refinada de estar diante do "tênue fio" da existência. Uma primeira, supunha vir de sua capacidade purificada de não se indignar diante dos mistérios que envolvem o ser humano e que jamais se revelam. Uma segunda, residia em seu constante exercício de deslocar-se de sua intimidade reflexiva para estar com o outro, tomando a poesia como matéria maior para inaugurar o diálogo.

Por ser assim, toda a produção de Henriqueta Lisboa é um convite insistente para que não deixemos passar despercebido nenhum dos elementos que nos rodeiam e nos espiam. Mas para tanto é necessário nomeá-los com palavras justas e escolhidas como fez a poeta.

Todos os elementos buscados por ela, como objetos de trabalho, foram adjetivados com elegância e ganharam encantamento. Sua poesia, como me afirmava, não possuía destinatário por reconhecer que a beleza é propícia a todos. Como conhecedora da poesia construída ao longo da história da literatura, Henriqueta Lisboa nos presenteou com uma construção impecável em forma e em essência.

Não há, pois, que negar aos mais jovens a oportunidade de adentrar-se na obra de Henriqueta Lisboa. Por afirmar a vida como um único e "tênue fio", a poeta sempre confirmou a infância como o lugar primordial da poesia.

Bartolomeu Campos de Queirós

Parte 1

Segredos expostos
tingem de rubor
a palavra *rosa*

_____ In: *Pousada do ser*

Azul profundo

Azul profundo, ó bela
noite inefável dos
pensamentos de amor!

Ó estrela perfeita
sobre o espesso horizonte!

Ó ternura dos lagos
refletindo montanhas!

Ó virginal odor
da primavera derradeira!

Ó tesouro desconhecido
por toda a eternidade!

Ó luz da solidão,
ó nostalgia, ó Deus!

____ In: *Azul profundo*

Romance

É Maria Flor de Maio
o nome de uma menina.
Procurai nesta cidade
a mais delicada e linda:
é Maria Flor de Maio.

Sempre de branco vestida,
tem os olhos cor de hortênsia.
Manhã cedo vai à missa,
de dia cuida de crianças
— Maria que é flor-de-maio.

E quando vem vindo a noite
espera que chegue o noivo.
Mas com tal constrangimento,
com tanto rubor à face,
que eu tenho o pressentimento
que Maria Flor de Maio
morre antes de casar-se.

_____ In: *Prisioneira da noite*

Canção de Rosemary

Enquanto raiava o dia
entre rubis e arrebóis
silenciosamente a sós
a estrela se recolhia

Enquanto o jardim se abria
em caules de ardente seiva
a um recanto junto à relva
uma rosa fenecia

De fonte azul todavia
de amargura inconsolada
uma copiosa orvalhada
toda a terra umedecia
para preparar a via
de uma nova madrugada
em que a alma renasceria.

_____ In: *Pousada do ser*

A flor de São Vicente

Do caule esguio em pendor,
três pétalas — uma flor.

Humildade. Simplicidade.
Caridade. Ó penhor!
De que maneira se há de
aproximar dessa flor?

O gesto suspenso em meio
a um delicado tremor,
entre o anelo e o receio
de tocar essa flor.

____ In: *Montanha viva: Caraça*

Palavras

Uma tarde entre avencas
junto à fonte em murmurinho
trocavam duas meninas
as primeiras confidências.

— Quem me dera
inaugurar primavera
vestida de borboleta
sobre um campo de flores
para bailar e bailar
a dança das sete cores...

— Quem me dera
ter o meu vestido branco
de açucena
para casar
na capela branca de
Santa Maria Serena...

Essas palavras o vento
imaginou que eram nuvens.

____ In: *O menino poeta*

Vida breve

Vida frágil
corpo de haste
alma de flor
se esfolhou...

Vida curta
gesto de onda
barco em fuga
mar levou...

Olhos de orvalho
raio de sol
enxugou...

Voz de brisa
sobre o lago
serenou...

Vida breve
por amor
fruto em nácar
nas entranhas
carregou...

Vida aérea
corpo de alma
nenhum rastro
deixou...

____ In: *Prisioneira da noite*

Os lírios

Certa madrugada fria
irei de cabelos soltos
ver como crescem os lírios.

Quero saber como crescem
simples e belos — perfeitos! —
ao abandono dos campos.

Antes que o sol apareça,
neblina rompe neblina
com vestes brancas, irei.

Irei no maior sigilo
para que ninguém perceba
contendo a respiração.

Sobre a terra muito fria
dobrando meus frios joelhos
farei perguntas à terra.

Depois de ouvir-lhe o segredo
deitada por entre lírios
adormecerei tranquila.

_____ In: *A face lívida*

Copo de leite

Copo de leite
na boca
do menino gordo.

O leite esbarra
nos dentes falhos,
gorgoleja
lá dentro.
E tomba em fios
pelo desfiladeiro
invisível.

Cascatas brancas
de leite
descendo aos saltos
por entre as pedras
do barranco vermelho
engrossa rios
viajeiros.

Lua cheia
escorrendo leite
na estrada,
pulando grades,
engolida aos goles
pela garganta enorme
dos sapos.

Copo de leite,
leite cheiroso,
leite espumoso
de boa engorda!

_____ In: *O menino poeta*

Parte 2

Segredos expostos
tingem de rubor
a palavra *rosa*

Como que em deslize
tocam-se cristais
na palavra *brisa*

_____ In: *Pousada do ser*

Beija-flor

Pequenino feixe de nervos
lépido sutil e grácil
em torno da corola esvoaça
Beija-flor todo equilíbrio
no seu trapézio invisível.

Ao abrir o leque de plumas
com estrias de safira
Beija-flor arrisca o jogo
no assédio à flor. Mas recua
rápida flecha sem pouso
a um balouço de arbusto.

Dramazinho melífluo:
coração em conflito
de premência e cautela
Beija-flor investe a custo
e sem perder o galeio
gira oscila dança paira
não desiste mal se atreve
em galanteios e escusas
antes de colher o inseto
que entre pétalas se oculta.

_____ In: *Pousada do ser*

O tempo é um fio

O tempo é um fio
bastante frágil.
Um fio fino
que à toa escapa.

O tempo é um fio.
Tecei! Tecei!
Rendas de bilro
com gentileza.
Com mais empenho
franças espessas.
Malhas e redes
com mais astúcia.

O tempo é um fio
que vale muito.
Franças espessas
carregam frutos.
Malhas e redes
apanham peixes.

O tempo é um fio
por entre os dedos.
Escapa o fio,
perdeu-se o tempo.

Lá vai o tempo
como um farrapo
jogado à toa!

Mas ainda é tempo!

Soltai os potros
aos quatro ventos,
mandai os servos
de um polo a outro,
vencei escarpas,
dormi nas moitas,
voltai com o tempo
que já se foi!

_____ In: *O menino poeta*

Palmeira da praia

Palmeira da praia
sacudindo as folhas
com gestos graciosos,
nervosa palmeira,
nervosa, graciosa,
escondendo o rosto
com verdes rubores
ao vento que passa.

Palmeira da praia
talhe esbelto e esgalgo
procurando longe
com olhos agudos,
mostrando recortes
de céu entre os dedos,
abanando lenços
em brancos adeuses.

Palmeira entre nuvens
que nunca resolves
esse ar delicado
de espera e renúncia.

Conheço-te muito,
palmeira da praia,
teu bom gosto e instinto
de amorosa e casta.

_____ In: *A face lívida*

Tempestade

— Menino, vem para dentro,
olha a chuva lá na serra,
olha como vem o vento!

— Ah! como a chuva é bonita
e como o vento é valente!

— Não sejas doido, menino,
esse vento te carrega,
essa chuva te derrete!

— Eu não sou feito de açúcar
para derreter na chuva.
Eu tenho força nas pernas
para lutar contra o vento!

E enquanto o vento soprava
e enquanto a chuva caía,
que nem um pinto molhado,
teimoso como ele só:

— Gosto de chuva com vento,
gosto de vento com chuva!

_____ In: *O menino poeta*

Divertimento

O esperto esquilo
ganha um coco.
Tem olhos intranquilos
de louco.
Os dentes finos
mostra. E em pouco
os dentes finca
na polpa.
Assim, com perfeito estilo,
sob estridentes
dentes,
o coco, em segundos, fica
todo oco.

_____ In: *O menino poeta*

Pirilampos

Quando a noite
vem baixando,
nas várzeas ao lusco-fusco
e na penumbra das moitas
e na sombra erma dos campos,
piscam, piscam pirilampos.

São pirilampos ariscos
que acendem pisca-piscando
as suas verdes lanternas,
ou são claros olhos verdes
de menininhos travessos,
verdes olhos semitontos,
semitontos mas acesos
que estão lutando com o sono?

_____ In: *O menino poeta*

Parte 3

Segredos expostos
tingem de rubor
a palavra *rosa*

Como que em deslize
tocam-se cristais
na palavra *brisa*

Algo se insinua
de abandono e flauta
na palavra *azul*

_____ In: *Pousada do ser*

Pensamor

Como pesa pensamor
moeda de ouro em minha palma
sem que o perceba o doador.

Como é leve pensamor
ao peito que se abre em palma
para a seta que acertou.

_____ In: *Miradouro*

Natal

Vejo a estrela que percorre
a noite larga.

Vejo a estrela que perturba
fundos mares.

Vejo a estrela que revela
a eternidade.

Mas para onde foi a estrela
contemplada?

Para onde foi no momento
mais amargo?

Em que cimos ora habita
que debalde

se enchem meus olhos de brandas
orvalhadas?

Vejo a estrela — tão de súbito! —
ao meu lado.

Vejo os olhos do Menino
desejado.

_____ In: *Azul profundo*

Trasflor

Borboleta vinda do alto
na palma da mão pousou.

Lavor de ouro sobre esmalte:
linda palavra — trasflor.

_____ In: *A face lívida*

Canoa

Alto-mar uma canoa
sozinha navega.
Alto-mar uma canoa
sem remo nem vela.

Alto-mar uma canoa
com toda a coragem.
Alto-mar uma canoa
na primeira viagem.

Alto-mar uma canoa
procurando estrela.
Alto-mar uma canoa
não sabe o que a espera.

____ In: *O menino poeta*

Sant'Ana dos olhos d'água

Sant'Ana dos olhos d'água
tem razão para chorar.
A terra é um vale de lágrimas,
Sant'Ana dos olhos d'água.

Poças d'água, muita chuva,
rios, lagos, noites úmidas.

Bosques escorrendo orvalho,
frias auroras molhadas.

Cachoeiras vivas do pranto
pelas escarpas rolando.

Lívido estuário de areias
dizendo adeus aos veleiros.

Pontes onde se encontraram
os corpos tristes dos náufragos.

Ondas fugindo com as ondas,
flores expostas à lama.

Sant'Ana dos olhos d'água,
nunca chorais demasiado.

_____ In: *Flor da morte*

Os quatro ventos

Vento do Norte
vento do Sul
vento do Leste
vento do Oeste

Quatro cavalos
em pelo
quatro cavalos
de longas crinas,
de longas caudas,
narinas sôfregas
bufando no ar.

Quatro cavalos
que ninguém doma,
quatro cavalos
que vêm e vão,
que não descansam,
de asas e patas
varrendo os céus.

Cavalos sem dono,
cavalos sem pátria,
cavalos ciganos
sem lei nem rei.

Quatro cavalos em pelo.

_____ In: *O menino poeta*

Parte 4

Segredos expostos
tingem de rubor
a palavra *rosa*

Como que em deslize
tocam-se cristais
na palavra *brisa*

Algo se insinua
de abandono e flauta
na palavra *azul*

Desgastados mantos
pesam sobre o leito
da palavra *fama*

____ In: *Pousada do ser*

Pérola

Delicadeza de caule
oculta na sombra a flor.

Um anjo que ninguém vê
caminha nos corredores
pé ante pé
como sobre tapetes
para não despertar.

Malícia fina
dissolve entre os dentes
a palavra que palpitou
na língua
mas que ao silêncio volta
para não melindrar.

Paciência que não engana
aquecendo sem brilho
à espera
retarda uma vez mais
a carícia
para não assustar.

Pérola entre pérolas
no fundo do mar.

_____ In: *A face lívida*

As madrugadas

Madrugada azul
diáfana
cabelos de espiga
e vestes lavadas
desceu da montanha
como uma fada,
corpo de violino
desapareceu nos lagos.

Madrugada rosa
cabeça de fogo
girassol ou dália
fazendo piruetas
irrompeu no terreiro,
acordou os galos
e saiu correndo
num pé de vento.

Madrugada verde
com dedos de geada
despiu a neblina
das árvores,
estendeu as mãos
bem alto
e apanhou o sol
como uma fruta
verde-cristal.

Madrugada amarela
cara de sono
olhou de soslaio
com vergonha
o relógio parado
e arrastou os passos
na areia.

Madrugada branca
ainda sonha com os anjos.

_____ In: *O menino poeta*

Itinerário

Ter o orgulho e o pudor
da pedra afeiçoada à origem.

_____ In: *Azul profundo*

Singular

Em vez de amar singelamente
uma casa pequena com jardim,
uma varanda com pássaros,
uma janela em que ao sereno há uma bilha de barro
um pessegueiro, uma canção e um beijo
— o pessegueiro de seu pomar,
a canção popular
e o beijo que poderia alcançar —
a minha musa ama precisamente
o que não existe neste lugar.

_____ In: *Prisioneira da noite*

O menino poeta

O menino poeta
não sei onde está.
Procuro daqui
procuro de lá.
Tem olhos azuis
ou tem olhos negros?
Parece Jesus
ou índio guerreiro?

Trá-lá-lá-lá-li
trá-lá-lá-lá-lá

Mas onde andará
que ainda não o vi?
Nas águas de Lambari,
nos reinos do Canadá?
Estará no berço
brincando com os anjos,
na escola, travesso,
rabiscando bancos?

O vizinho ali
disse que acolá
existe um menino
com dó dos peixinhos.
Um dia pescou
— pescou por pescar —
um peixinho de âmbar
coberto de sal.
Depois o soltou
outra vez nas ondas.

Ai! que esse menino
será, não será?...

Certo peregrino
(passou por aqui)
conta que um menino
das bandas de lá
furtou uma estrela.
Trá-lá-li-lá-lá

A estrela num choro
o menino rindo.
Porém de repente
(menino tão lindo!)
subiu pelo morro,
tornou a pregá-la
com três pregos de ouro
nas saias da lua.

Ai! que esse menino
será, não será?...
Procuro daqui
procuro de lá.

O menino poeta
quero ver de perto
quero ver de perto
para me ensinar
as bonitas cousas
do céu e do mar.

_____ In: *O menino poeta*

Ai! a vida

Ai! de dia são cigarras,
de noite são vagalumes.

São cigarras estridentes
— dizem tudo quanto sentem
em sustenido e bemol.
Bem-fadadas, malfadadas,
são cigarras namoradas,
ai! namoradas do sol.

São vagalumes errantes
— que fogo azul de diamantes
sobre esmeraldas atua? —
Erram no negror dos prados,
vagalumes namorados,
ai! namorados da lua.

Cigarras e vagalumes
na subida, na descida.
Tantos anelos e ciúmes!
Ai! a vida.

_____ In: *Azul profundo*

Parte 5

Segredos expostos
tingem de rubor
a palavra *rosa*

Como que em deslize
tocam-se cristais
na palavra *brisa*

Algo se insinua
de abandono e flauta
na palavra *azul*

Desgastados mantos
pesam sobre o leito
da palavra *fama*

Espinheiro agreste
rompe raiva e ruge
na palavra *guerra*

_____ In: *Pousada do ser*

Um poeta esteve na guerra

Um poeta esteve na guerra
dia a dia longos anos.
Participou do caos,
da astúcia, da fome.

Um poeta esteve na guerra.
Por entre a neve e a metralha
conheceu mundos e homens.
Homens que matavam e homens
que somente morriam.

Um poeta esteve na guerra
como qualquer, matando.
Para falar da guerra
tem apenas o pranto.

_____ In: *A face lívida*

Irmão Lourenço

No claustro novo dos monges
para lá e para cá
o Irmão Lourenço passeia.
Entre o jardim das camélias
e o pujante paredão,
seus passos largos sem peias
batem com força no chão.

Na galeria do pátio
para lá e para cá
o homem de Deus passeia.
Entre o mosaico das telhas
e o azul que lhe ergue a visão,
seus passos com certo enleio
pisam de leve no chão.

No mudo claustro vazio
para lá e para cá
o velho santo passeia.
Entre os flocos de neblina
e o vento que uiva à mansão,
seus passos já sem esteio
vão se arrastando no chão.

_____ In: *Montanha viva: Caraça*

Canção

Noite amarga
sem estrela.

Sem estrela
mas com lágrimas.

_____ In: *A face lívida*

Noturno

Meu pensamento em febre
é uma lâmpada acesa
a incendiar a noite.

Meus desejos irrequietos,
à hora em que não há socorro,
dançam livres como libélulas
em redor do fogo.

_____ In: *Prisioneira da noite*

Pomar

Menino — madruga
o pomar não foge!
(Pitangas maduras
dão água na boca.)

Menino descalço
não olha onde pisa.
Trepa pelas árvores
agarrando pêssegos.
(Pêssegos macios
como paina e flor.
Dentadas de gosto!)

Menino, cuidado,
jabuticabeiras
novinhas em folha
não aguentam peso.

Rebrilham cem olhos
agrupados, negros.
E as frutas estalam
— espuma de vidro —
nos lábios de rosa.
Menino guloso!

Menino guloso,
ontem vi um figo
mesmo que um veludo,
redondo, polpudo,
e disse: este é meu!
Meu figo onde está?

— Passarinho comeu,
passarinho comeu...

____ In: *O menino poeta*

Parte 6

As palavras

[...]

3

Segredos expostos
tingem de rubor
a palavra *rosa*

Como que em deslize
tocam-se cristais
na palavra *brisa*

Algo se insinua
de abandono e flauta
na palavra *azul*

Desgastados mantos
pesam sobre o leito
da palavra *fama*

Espinheiro agreste
rompe raiva e ruge
na palavra *guerra*

Não há luz que corte
o ermo corredor
da palavra *morte*

_____ In: *Pousada do ser*

Fidelidade

Ainda agora e sempre
o amor complacente.

De perfil de frente
com vida perene.

E se mais ausente
a cada momento

tanto mais presente
com o passar do tempo

à alma que consente
no maior silêncio

em guardá-lo dentro
de penumbra ardente

sem esquecimento
nunca para sempre

doloridamente.

____ In: *O alvo humano*

A menina tonta

Eu quero o arco-íris eu quero
diz a menina com fé.

(Seus olhos são duas lágrimas
boiando em folha de malva.)

— O arco-íris ninguém consegue
tocar com a ponta dos dedos.

— É razão do meu suspiro
tê-lo puro intacto virgem.

— Terás um vestido novo
listrado de sete cores
cada cor uma alegria.

— O vestido não tem asas
para passeios alados.
Quero das fitas do arco-íris
fazer os meus próprios trilhos
e sair andando ao léu
pelas varandas do céu
para conhecer países

que no mapa não existem
habitar outros planetas
mais habitáveis que este.

— Menina não sejas tonta
o arco-íris é apenas sonho
matéria de sonho é zero.

— Eu sonho por não poder
ter aquilo que mais quero:
quero aquilo que não tenho
ainda que não valha nada
por não poder alcançá-lo.
Se o pudesse não quisera
nem sonhara.

(Os olhos brilham que brilham
aos revérberos do arco-íris.)

_____ In: *Pousada do ser*

Brisas do mar e da terra

Mensagens do mar — tão fundas! —
gritos de náufragos, lenços
boiando por entre espumas.

Vastas mensagens da terra
com perfumes de florestas
e regougo de sertões.

Recado que o mar envia
como o sal e como a vida.

Resposta que a terra manda
para se perder nas ondas.

_____ In: *A face lívida*

Crianças no jardim

Ao sol que a chuva de ouro espalha
pela terra fragrante, em doidos
galeios de luz e de cor,
as crianças brincam no jardim.

E entre papoulas, rosas, dálias,
margaridas e verdes moitas,
parecem seus olhos azuis
bolhas de orvalho matutino.

De vez em quando alguma criança,
cabelo ao vento, lábio fresco,
levanta as mãos num gesto rápido
tentada por uma corola.

Antes porém que a flor alcance
é burlada no seu desejo,
pois já se assustou com a voz áspera
do jardineiro que não dorme.

_____ In: *Velário*

Serenidade

Serenidade. Encantamento.
A alma é um parque sob o luar.
Passa de leve a onda do vento,
fica a ilusão no seu lugar.

Vem feito flor o pensamento,
como quem vem para sonhar.
Gotas de orvalho. Sentimento.
Névoas tenuíssimas no olhar.

Tombam as horas, lento e lento,
como quem não nos quer deixar.
Êxtase. Vésperas. Advento.

Ouve! O silêncio vai falar!
Mas não falou... Foi-se o momento...
E não me canso de esperar.

_____ In: *Enternecimento*

Referências bibliográficas

LISBOA, Henriqueta. *Azul profundo*. 2. ed. São Paulo: Xerox do Brasil, 1969.

_____. *Nova lírica. Poemas selecionados*. Belo Horizonte: Imprensa Oficial, 1971.

_____. *Obras completas: I – Poesia geral (1929-1983)*. São Paulo: Livraria Duas Cidades, 1985.

_____. *O menino poeta*. Belo Horizonte: Imprensa Oficial, 1975.

_____. *Pousada do ser*. Rio de Janeiro: Nova Fronteira, 1982.

Autora e obra

Henriqueta Lisboa

Henriqueta Lisboa nasceu em Lambari, Minas Gerais, em 15 de julho de 1901, filha de Maria Rita Vilhena Lisboa e do Conselheiro João de Almeida Lisboa. Diplomou-se normalista pelo Colégio Sion de Campanha. Transferiu-se com a família para o Rio de Janeiro em 1926, onde o pai passou a ocupar o cargo de deputado federal.

A sua trajetória poética teve início em 1925, com a publicação do livro de poemas *Fogo fátuo*, de forte tendência simbolista, traço significativo de sua obra que se estenderá até a década de 1940.

Em 1931, com o livro *Enternecimento*, recebeu o Prêmio de Poesia Olavo Bilac, da Academia Brasileira de Letras. Em 1935, mudou-se para Belo Horizonte, onde se notabilizou como poeta, tradutora e ensaísta. Considerada pela crítica especializada da época como uma das grandes expressões da lírica moderna, Henriqueta Lisboa teve, a partir de 1940 até 1945, o acompanhamento profissional de Mário de Andrade, grande leitor de seu texto e conselheiro para as lições de poesia. A vasta correspondência mantida entre os dois escritores demonstra o grau de cumplicidade aí instaurado, em que Henriqueta Lisboa se revelava, ao mesmo tempo, a interlocutora e a amiga na discussão de temas pessoais e literários.

A sua produção intelectual se caracterizou pelo exercício da tradução, da publicação de ensaios literários, da organização de antologias e da participação em obras coletivas. Exerceu ainda

---

* © CENTRO DE ESTUDOS LITERÁRIOS DA FACULDADE DE LETRAS DA UNIVERSIDADE FEDERAL DE MINAS GERAIS — CEL/FALE/ UFMG. ACERVO DE ESCRITORES MINEIROS DA UFMG/AEM

várias atividades profissionais, como a de Inspetora Federal de Ensino Secundário; a de Professora de Literatura Hispano-Americana e Literatura Brasileira da Universidade Católica de Minas Gerais; a de Membro do Instituto Histórico e Geográfico de Minas Gerais; e a de Professora de Literatura Geral da Escola de Biblioteconomia da UFMG.

Em 1963 foi eleita a primeira mulher para a Academia Mineira de Letras, conquista profissional seguida da outorga de vários títulos honoríficos.

Às obras de poesia de Henriqueta Lisboa, anteriormente mencionadas, somam-se: *Velário*; *Prisioneira da noite*; *O menino poeta*; *A face lívida*; *Flor da morte*; *Poemas: flor da morte e a face lívida*; *Madrinha lua*; *Azul profundo*; *Lírica*; *Montanha viva: Caraça*; *Além da imagem*; *Nova lírica*; *Belo Horizonte bem-querer*; *O alvo humano*; *Reverberações*; *Miradouro e outros poemas*; *Celebração dos elementos: água, ar, fogo, terra*; *Casa de pedra: poemas escolhidos*; *Pousada do ser*; *Obras completas: I – Poesia geral (1929-1983)*; *Henriqueta Lisboa: poesia traduzida*; e *Henriqueta Lisboa: melhores poemas*.

A poeta faleceu no dia 9 de outubro de 1985, em Belo Horizonte.

Biografia extraída do *site* www.letras.ufmg.br/henriquetalisboa

Organizador e obra

Bartolomeu Campos de Queirós

Bartolomeu Campos de Queirós é mineiro e reside em Belo Horizonte. Como escritor, recebeu os mais significativos prêmios pela construção de uma literatura voltada para os leitores mais jovens: Prêmio Jabuti, Grande Prêmio da Associação Paulista dos Críticos de Arte, Prêmio Bienal Internacional de São Paulo, Prêmio Academia Brasileira de Letras, Prêmio Nestlé de Literatura e vários prêmios em diversas categorias pela Fundação Nacional do Livro Infantil e Juvenil.

Sua obra foi reconhecida em Cuba com o Prêmio "Rosa Blanca", na França com o "Quatrième Octogonal", na Inglaterra com o "Diploma de Honra do IBBY", o "Prêmio Internacional" conferido pelo Brasil, Canadá, Noruega e Dinamarca.

Como educador, exerceu o magistério na Divisão de Aperfeiçoamento do Professor-MEC, no Sistema Pitágoras de Ensino, e foi assessor junto à Secretaria de Estado da Educação. Foi presidente do Palácio das Artes, membro do Conselho Estadual de Cultura e membro do Conselho Curador da Fundação Escola Guignard.

Pelos seus inúmeros títulos publicados, Bartolomeu Campos de Queirós é reconhecido, pela crítica especializada e pelas teses universitárias, como um dos grandes escritores brasileiros.

Nota do editor: Bartolomeu Campos de Queirós faleceu em 16 de janeiro de 2012 em Belo Horizonte, mas continuará para sempre vivo em livros como este.